Trois Morts

Léon Tolstoï

Revue des Deux Mondes, Paris, 1882

Culturea

Copyright 2022 Culturea
Édition : Culturea, 34980 Hérault
Impression : BoD - Books on Demand, Norderstedt, Allemagne.
ISBN : 9782382740590
Tous droits réservés

TROIS MORTS

Les lettres russes s'enorgueillissent d'un grand artiste, le comte Léon Tolstoï, l'auteur de *la Guerre et la Paix*. Bien avant qu'on eût inventé chez nous et réduit en formule la littérature dite *naturaliste, impressionniste*, M. Tolstoï avait été conduit, non point par une théorie, mais par la nature de son esprit, à photographier la vie dans ses plus cruelles réalités, dans ses plus fugitives nuances. D'autres ont encore enchéri sur cette tendance, et avant l'apparition des premiers romans *naturalistes* en France, Dostoïevsky publiait des pages qui semblent avoir servi de modèle aux œuvres les plus réalistes de notre nouvelle école. Je regrette d'enlever à celle-ci une illusion, mais les Russes l'ont précédée, dépassée souvent en audace. Chez M. Tolstoï, du moins, le détail repoussant n'est qu'un accident, et non un but ; l'observation minutieuse des choses est doublée d'une observation psychologique implacable comme une étude d'anatomie. Avec Gustave Flaubert, je ne sais pas d'écrivain qui ait mieux vu vivre la créature humaine dans son milieu naturel, qui ait rendu cette vie sensible avec plus d'exactitude et de simplicité. Je me propose d'étudier un autre jour ce talent multiple dans ses romans historiques et philosophiques ; désireux de le faire connaître sous une de ses faces, je traduis aujourd'hui une courte esquisse ; elle m'a frappé comme une symphonie faite avec un rien et d'une rare justesse de ton ; elle prouve, ce me semble, qu'on peut traiter avec un art délicat la vérité banale de la vie. Le romancier russe, semblable en cela à Balzac, se préoccupe peu du style proprement dit, il est indifférent aux répétitions fréquentes du même mot ; il tire ses effets de l'ensemble des valeurs. En profitant de l'autorisation que le comte Tolstoï a bien voulu me donner, je me suis efforcé de le traduire servilement ; il ne faut hésiter, je crois, à abdiquer le génie de sa propre langue, à la désosser, en quelque sorte, pour l'adapter au squelette de la phrase étrangère.

E.-M. DE VOGÜÉ.

I.

C'était l'automne. Sur la grande route, deux équipages trottaient bon train. Dans la voiture de devant, deux femmes étaient assises ; une dame maigre et pâle, une femme de chambre très forte, au teint sanguin et luisant. Sa main rouge, sortant d'un gant déchiré, rejetait vivement en arrière des cheveux courts et secs qui s'échappaient de dessous un chapeau fané. Sa poitrine rebondie, couverte d'un fichu de laine, respirait la santé ; ses yeux noirs, sans cesse en mouvement, suivaient à travers la vitre les champs qui fuyaient, ou se reportaient à la dérobée sur la dame et fouillaient les angles de la voiture. Le chapeau de la maîtresse, accroché au filet, se balançait devant le nez de la suivante ; un petit chien dormait sur ses genoux ; ses pieds relevés reposaient sur les cassettes qui garnissaient le fond de la berline et s'entre-choquaient avec un petit bruit sourd couvert par le tressautement des ressorts et le tremblement des vitres.

Les mains croisées sur les genoux, les yeux fermés, la dame ballottait faiblement sur les coussins amoncelés derrière son dos : des quintes de toux fréquentes amenaient une légère contraction sur ses traits. Elle était coiffée d'un bonnet blanc, un fichu bleu était noué sur sa gorge fluette et pâle. Une raie droite, visible sous le bonnet, partageait des cheveux blonds, lissés à plat ; la blancheur de la peau, sur cette large raie, avait quelque chose de mort et de desséché. Des chairs flétries et plombées, rougies sur les pommettes des joues, s'adaptaient mal à l'ossature élégante et fine du visage. Les lèvres étaient sèches et inquiètes, les cils rares et droits ; une capote de voyage en drap dessinait ses plis réguliers sur la poitrine affaissée. Bien que ses yeux fussent clos, le visage de la voyageuse gardait une expression de fatigue, d'énervement et de souffrance habituelle.

Un domestique dormait, pelotonné sur le siège ; le postillon, criant à tue-tête, poussait quatre forts chevaux ruisselans de sueur ; de temps à autre, il se retournait pour voir le postillon de la calèche quand les cris de ce dernier arrivaient jusqu'à lui. Les larges ornières parallèles, imprimées par les roues dans l'argile boueuse de la route, se déroulaient égales et rapides. Le ciel était humide et froid ; un brouillard glacé s'étendait sur les champs et le chemin. Dans la voiture régnait une lourde atmosphère imprégnée d'eau de Cologne et de poussière. La malade renversa la tête et ouvrit lentement les yeux, de grands yeux brillant d'une belle couleur sombre.

— Encore !... dit-elle en repoussant nerveusement de sa jolie main amaigrie le pan de la pelisse de sa suivante, qui lui avait effleuré le pied.

Et sa bouche se contracta douloureusement. Matriocha ramassa sa pelisse à deux mains, se redressa sur ses robustes jambes et s'assit un peu plus loin ; les fraîches couleurs de son visage passèrent au pourpre vif. Les beaux yeux sombres de la malade suivaient avec avidité les mouvemens de cette fille. La dame, s'appuyant des deux mains sur la banquette, essaya de se soulever pour changer de position ; les forces lui manquèrent. Sa bouche se plissa de nouveau, sa physionomie prit une expression d'ironie colère et impuissante.

— Si au moins tu m'aidais !... Non, inutile : je pourrai toute seule. Une autre fois, fais-moi le plaisir de mettre derrière moi d'autres coussins que les tiens... Allons, c'est bon, n'y touche pas, puisque tu ne sais rien faire.

La dame ferma les yeux, puis les rouvrit subitement et regarda sa femme de chambre. Matriocha l'observait en se mordant les lèvres. Un soupir douloureux souleva le sein de la malade et s'acheva en un accès de toux. L'accès passé, elle referma les paupières et reprit sa pose immobile. Les deux voitures entraient dans un village. Matriocha sortit sa grosse main de ses jupes et se signa.

— Qu'est-ce que c'est ? demanda sa maîtresse.

— Le relais, madame.

— Je te demande pourquoi tu te signes ?

— Il y a une église, madame.

La malade se pencha vers la portière et se signa lentement en regardant de tous ses yeux la grande église du village devant laquelle la voiture passait. — Les deux équipages s'arrêtèrent au relais ; de la calèche descendirent le mari de la malade et un médecin. Ils vinrent à la berline.

— Comment vous sentez-vous ? demanda le médecin en tâtant le pouls.

— Eh bien ! comment cela va-t-il, mon amie ? tu n'es pas fatiguée ? Veux-tu sortir ?

Ces questions furent faites en français par le mari. — Matriocha, ramenant ses paquets, se serrait dans l'angle pour ne pas gêner les interlocuteurs.

— Comme cela, toujours la même chose, répondit la malade. Je ne sortirai pas.

Après être resté un instant, le mari se dirigea vers la maison de poste et y entra. Matriocha, sautant à bas de la voiture, courut dans la boue sur la pointe des pieds et gagna la porte.

— Parce que je suis souffrante, ce n'est pas une raison pour que ne vous ne déjeuniez pas, dit la malade avec un faible sourire en s'adressant au médecin, resté debout à la portière.

Le docteur s'éloigna d'un pas lent, puis franchit en courant les degrés du perron.

— Aucun d'eux ne se soucie de moi, fit à part soi la voyageuse ; ils se sentent bien, tout le reste leur est indifférent. Mon Dieu ! mon Dieu !

Le mari vint à la rencontre du médecin en se frottant les mains avec un sourire d'aise.

— Dites donc, Édouard Ivanovitch, j'ai ordonné d'apporter la cave à liqueurs ; que vous en semble ?

— Parfait, répondit le docteur.

— Ah ça, comment va-t-elle ? ajouta le mari avec un soupir, en baissant la voix et fronçant les sourcils.

— Je vous l'ai dit ; non-seulement elle n'arrivera pas jusqu'en Italie, mais Dieu sait si elle arrivera à Moscou, surtout avec cet affreux temps !

— Que faut-il faire, mon Dieu, mon Dieu ?

Le mari se passa la main sur les yeux.

— Donne par ici, cria-t-il au domestique, qui apportait la cave à liqueurs.

— Il eût fallu rester, continua le médecin en haussant les épaules.

— Mais que pouvais-je faire, s'il vous plaît ? J'ai employé tous les moyens pour la retenir ; je lui ai parlé de la dépense, des enfans que nous devions abandonner, de mes affaires en souffrance ; elle n'a rien voulu entendre. Elle forme des plans de vie à l'étranger comme si elle était guérie. Lui révéler son état, ce serait lui donner le coup de la mort.

— Elle l'a déjà reçu, il faut que vous le sachiez, Vassili Dmitriévitch. On ne peut pas vivre sans poumons, et les poumons ne peuvent pas se reformer. C'est pénible, c'est douloureux, mais il n'y a rien à faire. Votre devoir et le mien se bornent à lui procurer une fin aussi tranquille que possible. Il faudra un prêtre.

— Ah ! mon Dieu ! vous comprenez ma position, à moi, qui dois lui demander ses dernières volontés. Arrive que pourra, je ne lui porterai pas ce coup. Vous savez comme elle est bonne !

— Au moins essayez de la persuader d'attendre le traînage, reprit le médecin en hochant la tête ; autrement le voyage peut mal finir.

— Aksioucha ! Aksioucha ! hé ! Aksioucha ! criait à sa petite sœur la fille du maître de poste en relevant son caraco sur sa tête et piétinant dans la boue sur le perron de derrière, viens voir la dame de Chirkine ! On dit qu'on la mène à l'étranger pour une maladie de poitrine : je n'ai jamais vu quelle figure ça a, les poitrinaires.

Aksioucha bondit sur le seuil, et les deux filles, se tenant par la main, coururent à la porte de la cour ; elles ralentirent le pas en passant devant la voiture et regardèrent par la vitre baissée. La malade tourna la tête de leur côté : devinant leur curiosité, elle fronça le sourcil et se recula.

— Bon Dieu ! dit la fille du maître de poste en s'écartant vivement ; elle qui était si belle, voilà ce qu'il en reste : c'est à faire peur ! Tu as vu, tu as vu, Aksioucha ?

— Oui, et comme elle est maigre ! Allons regarder encore, comme si nous allions au puits. Elle s'est retournée, j'ai encore vu ! Quelle pitié, Macha !

— Oui, et quelle crotte ! repartit Macha.

Toutes deux revinrent en courant vers la porte.

— Je dois être bien effrayante, pensa la malade. Ah ! passer la frontière, plus vite, plus vite ! je me rétablirai promptement là-bas…

— Comment cela va-t-il, mon amie ? dit le mari, qui revenait à la voiture en mâchant un morceau.

— Toujours la même question ! pensa la dame, et il mange, lui !… — Comme cela, murmura-t-elle entre ses dents.

— Sais-tu, mon amie ? je crains que tu ne te trouves mal du voyage, avec ce temps. Édouard Ivanovitch est du même avis. Si nous retournions ?

Elle gardait un silence de mauvaise humeur.

— Le temps s'arrangera, peut-être que le traînage s'établira, que tu te sentiras mieux... nous partirions tous ensemble...

— Je te demande bien pardon. Si je ne t'avais pas écouté, nous serions depuis longtemps à Berlin et je serais tout à fait remise.

— Que faire, mon ange ? C'était impossible, tu le sais... et maintenant, si tu voulais attendre encore un mois, tu te remettrais tout à fait, je terminerais mes affaires et nous prendrions les enfans...

— Les enfans ne sont pas malades, et moi je le suis.

— Mais comprends donc, mon amie, qu'avec ce temps-là, si tu te trouves plus mal en chemin ?... À la maison, du moins...

— À la maison ! mourir à la maison !... interrompit avec emportement la dame.

Mais ce mot, *mourir*, l'effraya visiblement ; elle fixa sur son mari un regard interrogateur et suppliant. Il baissa les yeux et se tut. Les lèvres de la malade se contractèrent avec une moue d'enfant, des larmes jaillirent de ses yeux. Le mari, se cachant la figure dans son mouchoir, s'éloigna de la voiture.

— Non, je continuerai, fit-elle en levant les yeux au ciel.

Elle croisa les mains et murmura quelques mots entrecoupés ;

— Mon Dieu ?... Pourquoi donc ?...

Et ses larmes roulèrent plus abondantes. Elle pria longuement, avec ferveur. Mais le même spasme douloureux crispait sa poitrine oppressée ; le ciel, les champs, la route étaient aussi gris, aussi transis ; le même brouillard d'automne, ni plus épais ni plus rare, tombait sur la boue du chemin, sur les toits, sur la voiture et les touloupes des postillons, qui, avec des éclats de voix joyeux, graissaient et attelaient la berline.

II.

Les chevaux étaient mis : le postillon tardait. Il était entré dans l'isba des gens d'écurie. L'obscurité y régnait avec une chaleur lourde et étouffante, un relent de pain cuit, de choux aigres, d'êtres humains et de peaux de mouton. Quelques postillons étaient réunis dans la pièce ; la cuisinière tournait autour du poêle, et sur ce poêle, un malade était couché sous une pelisse de mouton.

Le postillon, un jeune gars, entra dans la salle sans quitter sa touloupe, le fouet à la main ; il cria en s'adressant au malade :

— Père Fédor ! père Fédor !

— Qu'est-ce qu'il y a, fainéant ? qu'est-ce que tu veux à Fedka ? répondit un de ses camarades ; ne vois-tu pas qu'ils t'attendent dans la voiture ?

— Je veux lui demander ses bottes ; j'ai usé les miennes, poursuivit le jeune homme. — Il rejetait ses cheveux en arrière et passait ses moufles dans sa ceinture : — Est-ce qu'il dort ?... Hé ! père Fédor !

— Qu'est-ce que c'est ? soupira une voix faible. — Et une maigre face rousse se pencha hors du poêle. Une large main poilue, décolorée et décharnée, ramenait un caftan sur des épaules amaigries, couvertes d'une chemise sale : — Donnez-moi à boire, amis ; toi, que te faut-il ?

Le jeune homme tendit une cruche pleine d'eau.

— Voilà, Fédia, dit-il, hésitant. Toi, bien sûr, tu n'auras plus besoin de bottes neuves. Donne-les-moi, puisque tu ne marcheras plus, bien sûr...

Le malade inclina sa tête fatiguée sur la cruche de terre. Il but avidement en trempant dans l'eau trouble ses moustaches rares et pendantes, sa barbe malpropre, embroussaillée. Ses paupières éteintes, affaissées, se soulevaient avec peine vers le postillon. Quand il eut fini de boire, il voulut élever la main pour essuyer ses lèvres humides, mais il n'y parvint pas et les sécha à la manche de son caftan. Il respira péniblement par le nez, rassembla ses forces et regarda fixement le jeune homme sans ouvrir la bouche.

— Peut-être les as-tu déjà promises à quelqu'un, continua celui-ci, trop tard alors ! La chose, c'est qu'il fait mouillé dehors, il y a de l'ouvrage, je dois partir ; alors j'ai pensé :

Demandons à Fedka ses bottes, il n'en aura pas besoin, bien sûr… Mais peut-être elles te serviront, dis…

Un hoquet souleva la poitrine du malade ; il se courba, étouffé par une toux creuse, intermittente. Tout à coup, la voix colère de la cuisinière retentit jusqu'au fond de l'isba :

— À quoi lui serviraient-elles ? Voilà deux mois qu'il n'est pas descendu du poêle. Il s'esquinte, le mal est tout en dedans, il n'y a qu'à l'entendre. Qu'est-ce qu'il a besoin de bottes ? On ne l'enterrera pas avec des bottes neuves ! Et il est bien temps, Dieu me pardonne ! Il ne peut plus se tenir. Si encore on le transportait dans une autre isba, n'importe où… Il y a des hôpitaux à la ville, sais-tu ? Mais est-ce permis d'accaparer tout le coin ? et adieu ! on ne sait plus où se mettre… Demandez de la propreté après cela !

— Hé ! Sérioja, allons, sur ton siège, les seigneurs attendent ! cria du dehors le maître de poste.

Sérioja fit un pas pour sortir, sans attendre la réponse du malade ; mais celui-ci, empêché par sa toux, lui fit signe du regard qu'il voulait parler :

— Prends les bottes, Sérioja, dit-il d'une voix enrouée en surmontant la quinte ; seulement, écoute-moi, tu m'achèteras une pierre quand je mourrai…

— Merci, père, je les prends et j'achèterai la pierre.

— C'est dit, vous avez entendu, enfans ? put encore ajouter le malade.

La quinte le reprit et il se replia de nouveau sur lui-même.

— Entendu ! appuya un des postillons. Va, Sérioja, à ton siège, voilà le maître de poste qui revient : la dame de Chirkine est malade.

Sérioja retira lestement ses énormes bottes toutes trouées et les glissa sous le banc. Les bottes neuves de Fédor lui allaient comme sur mesure ; le jeune homme se dirigea vers la voiture en les regardant avec complaisance.

— Voilà de fières bottes ! donne que je les graisse, dit le postillon qui portait la boîte à graisse, tandis que Sérioja montait sur le siège en rassemblant les guides. Il te les a données pour rien ?

— Elles te font envie, répondit Sérioja en se redressant et en croisant sur ses jambes les pans de sa touloupe ; laisse donc !… Hue, les petits amis ! cria-t-il à ses chevaux en faisant claquer son fouet.

Et les deux voitures, avec leurs voyageurs, leurs valises, leurs coffres, roulèrent rapidement sur la route détrempée et disparurent dans les vapeurs du brouillard d'automne.

Le postillon malade était resté sur le poêle, dans la touffeur de l'isba. Il ne toussait plus ; à bout de force, il s'était retourné sur le côté gauche et ne bougeait pas. Jusqu'au soir, les allées et venues continuèrent dans la salle ; on y dîna ; on n'entendait plus le malade. À la tombée de la nuit, la cuisinière grimpa sur le poêle et tira une peau de mouton sur les pieds de Fédor.

— Ne te fâche pas contre moi, Nastasia, je te rendrai bientôt la place, murmura l'homme.

— C'est bon, c'est bon, ce n'est rien ! marmotta Nastasia. Où as-tu mal, père ? dis.

— Ça me mange tout le dedans. Dieu sait ce que c'est.

— Et le gosier te fait mal quand tu tousses ?

— J'ai mal partout ;... ça veut dire que ma mort est venue... Aïe ! aïe !... gémit le malade.

— Couvre-toi les pieds, comme ça...

Nastasia ramena la peau de mouton sur lui et sauta à bas du poêle.

La nuit, une veilleuse éclairait faiblement l'isba. Nastasia et une dizaine de postillons dormaient sur le plancher, sur les bancs, en ronflant bruyamment. Seul, le malade râlait tout bas, toussait et se retournait sur le poêle. Vers le matin, il se tut.

— Je viens de voir un drôle de rêve, dit la cuisinière en s'étirant aux premières lueurs de l'aube. J'ai rêvé que le père Fédor descendait du poêle et allait couper du bois. « Attends, Nastasia, qu'il disait, je vais t'aider. — Comment pourras-tu fendre du bois ? » que je lui répondais. Mais lui prit sa hache et se mit à l'ouvrage ; il cognait, il cognait si dur que les copeaux volaient partout. Je lui dis : « Pourtant, tu étais malade tout à l'heure ? — Non, qu'il me répondit, je me porte bien... » Et il abattit la hache de telle façon que la peur me prit. J'ai crié et je me suis éveillée. Est-ce qu'il ne serait pas mort ?.. Père Fédor ! hé ! père Fédor !

Pas de réponse.

— N'est-il pas mort ? Il faut aller voir, dit un des postillons qui se réveillait.

La main osseuse, couverte de poils roux, qui pendait du poêle, était froide et blanche.

— Paraît qu'il est mort ; il faut aller avertir le maître de poste.

Fédor n'avait pas de parens ; il était de quelque endroit éloigné.

Le lendemain, on l'enterra dans le nouveau cimetière, derrière le bois. Pendant quelques jours, Nastasia raconta à tout le monde son rêve et comment elle avait été la première à *voir* le père Fédor.

III.

Le printemps était venu. Par les rues humides de la ville, entre les tas de glaçons boueux, de petits ruisseaux se précipitaient en murmurant ; tout était clair, la couleur des habits et le son des voix, dans la foule en mouvement. Dans les jardinets, derrière les haies, les bourgeons des arbrisseaux crevaient ; d'un bruit à peine distinct, les branches frémissaient au vent du nord. De partout suintaient et tombaient des gouttes transparentes. Les moineaux pépiaient et voletaient sur leurs petites ailes. Du côté du soleil, sur les maisons, les arbres et les haies, tout scintillait et remuait. Il y avait jeunesse et gaîté au ciel, sur la terre et dans le cœur de l'homme.

Dans une des principales rues, devant un grand hôtel seigneurial, on avait étendu de la paille fraîche ; dans cette maison se trouvait la malade qui se hâtait naguère vers la frontière. À la porte close de sa chambre, le mari et une femme âgée restaient debout ; sur un divan, un prêtre était assis, baissant les yeux et tenant dans les mains un objet enveloppé d'une étole. Dans un coin, une vieille dame, la mère de la malade, renversée sur un fauteuil Voltaire, pleurait à chaudes larmes. À côté d'elle, une femme de chambre apprêtait un mouchoir propre, attendant que la vieille le demandât ; une seconde essuyait les tempes de sa maîtresse et soufflait sur sa tête grise par-dessus le bonnet.

— Allez, et que Dieu vous accompagne, mon amie, disait le mari à la dame âgée qui se tenait avec lui près de la porte ; — elle a une si grande confiance en vous, vous savez si bien lui parler. Exhortez-la de votre mieux, chère amie, allez… — Il fit le geste d'ouvrir la porte ; sa cousine l'arrêta, passa à plusieurs reprises son mouchoir sur ses yeux et secoua la tête.

— Maintenant, on ne voit pas que j'ai pleuré ? demanda-t-elle, — et entre-bâillant la porte, elle passa dans la chambre.

La mari était dans une agitation extrême ; il paraissait tout à fait abattu. Il se dirigea vers la vieille ; mais, après avoir fait deux pas, il se retourna, traversa la salle et vint au prêtre. Celui-ci le regarda et leva les yeux au ciel en soupirant : du même mouvement son épaisse barbe blanche se redressa et retomba.

— Mon Dieu ! mon Dieu ! fit le mari.

— Que faire ? balbutia le prêtre. Et de nouveau ses yeux et sa barbe s'élevèrent et s'abaissèrent.

— Et sa mère qui est là ! reprit avec désespoir le mari. Elle ne supportera pas ce coup. Elle l'aime tant ! tant !... Comment fera-t-elle ? Dieu sait !... Mon père, si vous essayiez de la calmer, de l'engager à s'éloigner !

Le prêtre se leva et s'approcha de la vieille.

— En vérité, personne ne peut entrer dans le cœur d'une mère... mais la miséricorde de Dieu est infinie...

Le visage de la vieille se contracta brusquement, un hoquet hystérique la secoua tout entière.

— La miséricorde de Dieu est infinie, — poursuivit l'ecclésiastique, quand elle se fut un peu calmée. — Avec votre permission, il y avait dans ma paroisse un malade beaucoup plus mal que Marie Dmitrievna : eh bien ! un simple artisan l'a guéri en très peu de temps avec des herbes. Ce même artisan est maintenant à Moscou. J'en ai parlé à Vassili Dmitriévitch, on pourrait essayer. Tout au moins ce serait une consolation pour la malade. Tout est possible à Dieu.

— Non, elle ne doit pas vivre, gémit la vieille. Si Dieu m'avait prise à sa place ! — Et le hoquet hystérique redoubla avec tant de violence qu'elle perdit connaissance.

Le mari se cacha le visage dans les mains et sortit précipitamment de la salle. La première personne qu'il rencontra dans le corridor fut un garçon de six ans, qui courait à perdre haleine après une petite fille.

— Faut-il conduire les enfans chez Madame ? demanda la bonne.

— Non, elle ne veut pas les voir : cela la dérange.

Le petit garçon s'arrêta un instant, regarda attentivement la figure de son père, puis, pirouettant sur les talons, il reprit sa course avec un cri joyeux.

— C'est elle qui est le cheval ; vois, papa !

Cependant, dans l'autre chambre, la cousine était assise au chevet de la malade ; avec des paroles étudiées, elle s'efforçait de la préparer à la pensée de la mort. Contre la fenêtrer le médecin agitait une potion.

La malade, vêtue d'une robe de chambre blanche, était assise sur le lit et toute entourée de coussins ; elle regardait silencieusement sa parente. Soudain, elle l'interrompit avec vivacité : — Ah ! mon amie, ne me préparez pas, ne me traitez pas comme une enfant. Je suis chrétienne, je sais tout. Je sais que je n'ai pas longtemps à vivre… et que, si mon mari m'avait écoutée plus tôt, je serais en Italie… que je serais peut-être, sûrement même, rendue à la santé. Tout le monde le lui disait. Mais quoi ? telle a été sans doute la volonté de Dieu. Nous sommes tous de grands pécheurs, je le sais : mais j'espère dans la miséricorde du Seigneur, il pardonnera tout… il doit tout pardonner. Je m'efforce de m'examiner. J'ai beaucoup de péchés sur la conscience, mon amie ; mais aussi, combien j'ai souffert ! J'ai tâché de supporter mes maux avec patience…

— Faut-il appeler le prêtre, ma chérie ? interrompit la cousine, — ce vous sera un poids de moins d'avoir pardonné à tous.

La malade inclina la tête en signe d'acquiescement.

— Mon Dieu, faites-moi grâce ! murmura-t-elle.

La cousine sortit ; elle fit un signe au prêtre, et se tournant vers le mari, avec des larmes dans les yeux : — C'est un ange !

Le mari pleurait. Le prêtre passa dans la chambre. La vieille était toujours sans connaissance ; un grand silence se fit dans la première pièce. Au bout de cinq minutes, le prêtre reparut, repliant son étole et relevant ses cheveux :

— Dieu soit loué ! Madame est plus tranquille maintenant, elle désire vous voir.

Le mari et la cousine entrèrent. La malade pleurait doucement en regardant les saintes images.

— Je te félicite, mon amie, dit le mari.

— Merci ! comme je me sens bien maintenant ! quelle ineffable douceur j'éprouve ! — Et un léger sourire erra sur ses lèvres minces. — Que Dieu est miséricordieux ! n'est-il pas vrai ? miséricordieux et tout-puissant ! — Et de nouveau, avec prière fervente, ses yeux pleins de larmes se dirigèrent vers les images.

Subitement, elle sembla se rappeler quelque chose et fit signe à son mari d'approcher. — Tu ne veux jamais faire ce que je te demande, dit-elle d'une voix plus faible et mécontente.

Le mari, tendant le cou, écoutait d'un air soumis.

— Qu'est-ce donc, mon amie ?

— Combien de fois t'ai-je dit que ces médecins ne savent rien ! Il y a des remèdes de bonnes femmes qui guérissent… Tiens, le père me parlait d'un artisan… Envoie chercher…

— Qui cela, ma bonne amie ?

— Mon Dieu ! il ne veut rien comprendre !

La malade fronça les sourcils et ferma les yeux. Le docteur s'avança, lui prit la main. Le pouls faiblissait sensiblement. Cet homme fit un signe au mari. La malade surprit ce geste et les regarda avec effroi.

La cousine se détourna en sanglotant.

— Ne pleure pas, tu te tourmentes et tu me tourmentes, dit la malade ; cela m'enlève le peu de calme qui me reste.

— Tu es un ange ! s'écria la cousine en lui baisant la main.

— Non, embrasse-moi ici, ce sont les morts à qui l'on baise la main.

Le soir de ce même jour, la malade n'était plus qu'un cadavre, couché dans une bière au milieu de la grande salle de l'hôtel. Dans cette vaste pièce, les portes closes, un diacre était assis, seul, récitant les psaumes de David d'une voix nasillarde et monotone. Des hauts chandeliers d'argent, la lumière crue des cierges tombait sur le front pâle et pur de la morte, sur ses lourdes mains de cire, sur les plis rigides du suaire, tragiquement soulevé par les genoux et les doigts de pied. Le diacre psalmodiait lentement sans comprendre ses paroles ; elles montaient et mouraient avec des résonances étranges dans le silence de la salle. Par momens, arrivaient d'une chambre éloignée des bruits de voix et de piétinemens d'enfans :

« Tu voiles ta face et ils se troublent, disait le psaume ; tu rappelles ton esprit, ils meurent et rentrent dans leur poussière. Tu envoies ton esprit, ils se relèvent et la face de la terre est renouvelée. Gloire au Seigneur dans les siècles des siècles ! »

Le visage de la morte était sévère, majestueux. Rien ne bougeait, ni sur son visage glacé, ni sur ses lèvres étroitement scellées. Elle était tout attention. — Comprenait-elle maintenant ces grandes paroles ?

IV.

Un mois plus tard, une chapelle de marbre s'élevait sur le tombeau de la défunte. Sur celui du postillon, il n'y avait pas encore de pierre ; seule, l'herbe verte couronnait le tertre, unique indice qu'une vie humaine avait fini là.

— C'est mal à toi, Sérioja, dit un jour la cuisinière dans le relais, — c'est mal de n'avoir pas acheté la pierre pour Fédor. Tantôt c'était à cause de l'hiver, et maintenant pourquoi ne tiens-tu pas ta parole ? Ça a été convenu devant moi. Il est déjà revenu une fois te la demander ; si tu ne l'achètes pas, il reviendra et t'étouffera.

— Voyons, est-ce que je refuse ? répondit Sérioja ; j'achèterai la pierre, comme je l'ai promis, je l'achèterai pour un rouble et demi. Je n'ai pas oublié, mais encore faut-il l'apporter. Quand il y aura une occasion pour la ville, je l'achèterai.

— Si au moins tu lui mettais une croix ! ajouta un vieux postillon.

— Vrai, ce n'est pas bien… tu portes ses bottes.

— Où la prendrai-je, la croix ? Je ne peux pas la faire avec une bûche !

— Qui te parle de bûche ? Prends la hache, va dans le bois et coupes-en une. Il n'y a qu'à abattre une petit frêne et tu auras ta croix. Va de bonne heure, sinon il faudra encore donner de l'eau-de-vie au garde. Ce n'est pas la peine de payer à boire pour chaque bêtise. Tiens, l'autre jour, j'ai cassé une volée ; j'ai coupé une branche, je m'en suis fabriqué une nouvelle, et personne n'a soufflé mot.

De grand matin, presque ayant le jour, Sérioja prit la hache et alla au bois.

La rosée tombait encore, étendant sur tous les objets un voile mat et glacé que le soleil n'avait pas éclairé. L'orient blanchissait faiblement, reflétant sa pâle lumière sur la voûte du ciel, ouatée de légers nuages. Rien ne remuait, ni un brin d'herbe sur le sol, ni une feuille sur les branches hautes des arbres. De loin en loin, une battement d'aile dans le fourré, un bruissement à ras de terre, troublaient seuls la paix de la forêt. Soudain, un bruit singulier, qui n'appartenait pas aux voix de la nature, retentit et mourut sur la lisière du bois. Le bruit s'éleva derechef et se répéta à intervalles égaux ; il partait du pied d'un des arbres immobiles. Une des cimes frissonna subitement, ses feuilles gonflées de sève murmurèrent quelque chose ; une fauvette, perchée sur une des branches, siffla, voleta à deux reprises et se posa sur un autre arbre, la queue éployée.

La hache frappait au pied du tronc, toujours plus sourdement, les copeaux blancs et résineux volaient sur l'herbe mouillée ; un léger craquement succéda aux coups sourds. L'arbre tressaillit de tout son corps, s'inclina et se redressa vivement, chancelant épouvanté sur ses racines. Il y eut un instant de silence : l'arbre s'inclina de nouveau, un second craquement gémit dans le tronc, et, broyant ses jeunes pousses, précipitant ses branches, il s'abattit tout de son long sur la terre humide. Les bruits de hache et de pas expirèrent. La fauvette siffla et s'envola dans l'espace. Le rameau qu'elle avait effleuré de ses ailes trembla une seconde et retomba inanimé comme les autres, avec toutes ses feuilles. Les têtes immobiles des arbres resplendirent plus joyeusement dans la trouée qui leur était ouverte.

Les premiers rayons du soleil, perçant le nuage qui les interceptait, éclatèrent dans le ciel, illuminant la terre et l'espace. Le brouillard se tassait en vagues au creux des vallées, des perles de rosée brillaient dans la verdure, les nuées blanchâtres, nacrées, hâtaient leur fuite sous la voûte bleue. Les oiseaux bruissaient dans le fourré, et, comme affolés, gazouillaient on ne sait quoi d'heureux. Les feuilles luisantes chuchotaient des secrets joyeux et paisibles ; les branches des arbres vivans frissonnaient doucement, majestueusement, au-dessus de l'arbre mort, gisant à terre…

Léon Tolstoï.